U0548314

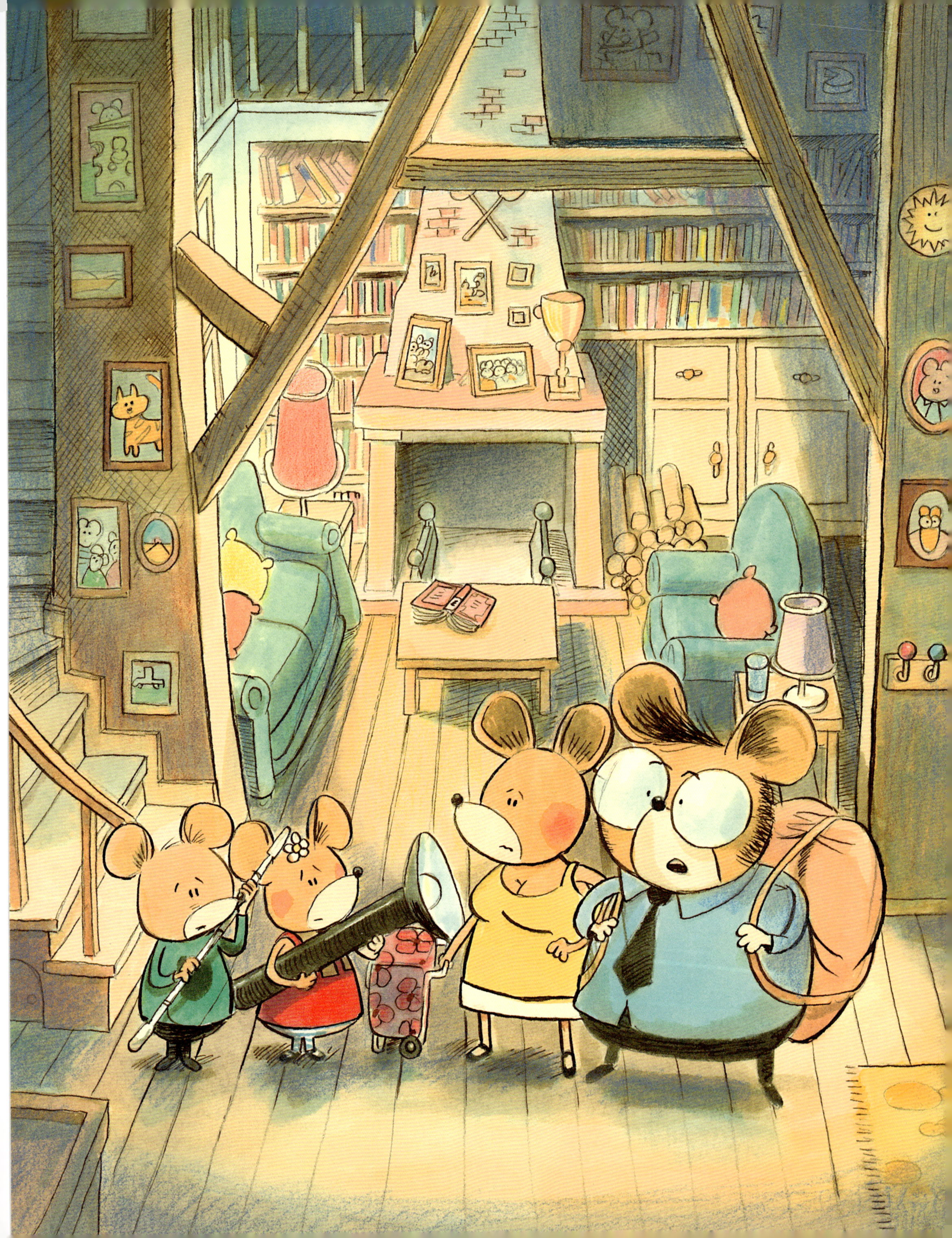

和往常一样,夜幕降临后,小老鼠一家准备出门"购物"。
鼠爸爸拎起一个大包背在肩上;
鼠妈妈拉起小推车,顺便把购物清单塞到里面;
艾克多和米娅则分别拿起了手电筒和奶酪刀。

"大家都准备好了吗?"鼠爸爸的语气有些紧张。

"是的!"鼠妈妈跟在鼠爸爸后面小声回答。
"准备好了!"艾克多和米娅也一起小声回答。

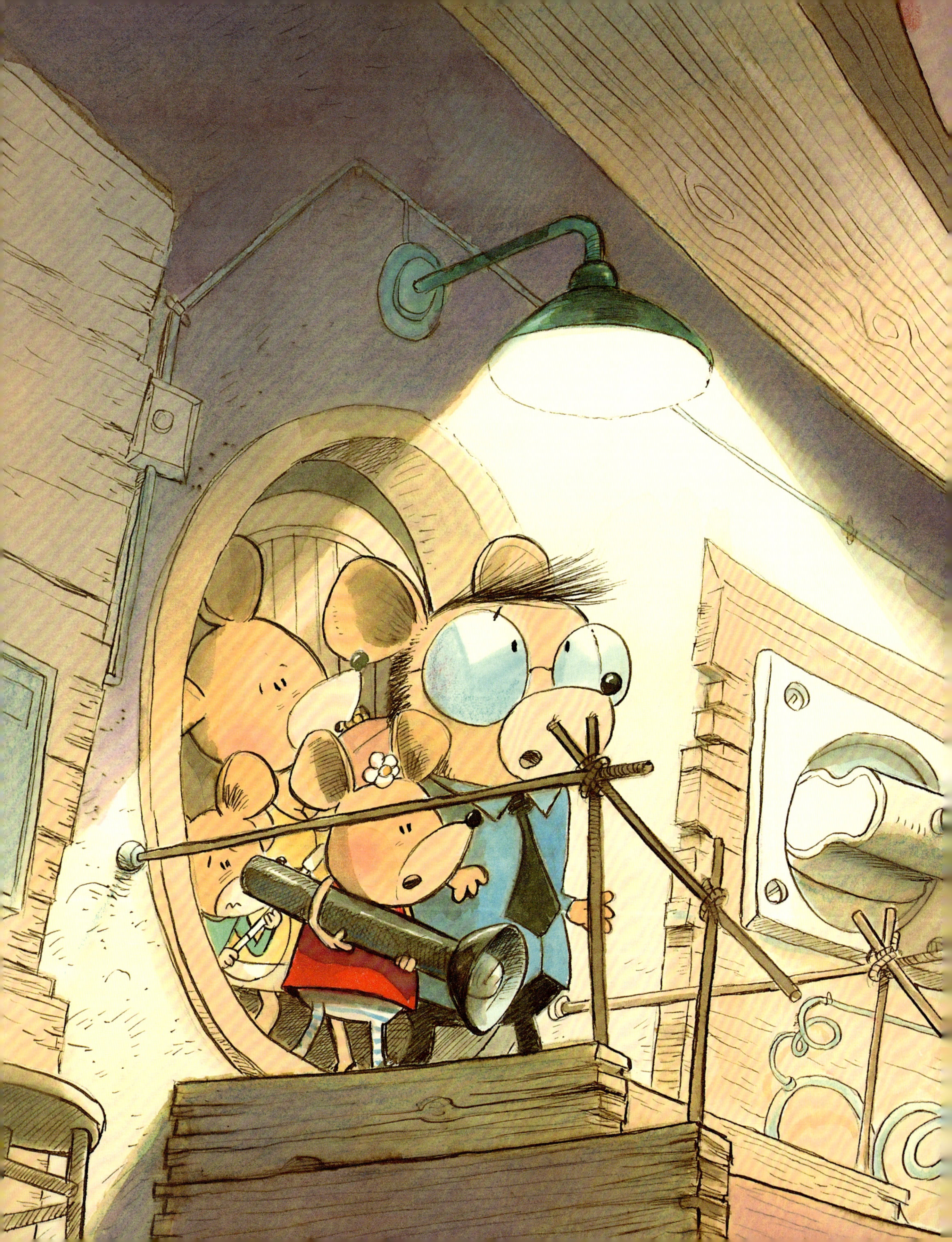

接下来,鼠爸爸轻轻地打开门。吱呀——
小老鼠一家每次出门时都特别小心,
因为它们的家在一张床的下面,
而床的上面睡着一只……**怪兽**!
小老鼠一家管它叫"床上的怪兽"!
鼠爸爸、鼠妈妈、艾克多和米娅,
都没有见过这只怪兽,
但它们一致认为:它一定很可怕!
因为光是听到它发出的恐怖的声音,
就感觉要被吓死了!

呜……
　　　呼……
　　　　　吱嘎!吱嘎!吱嘎!

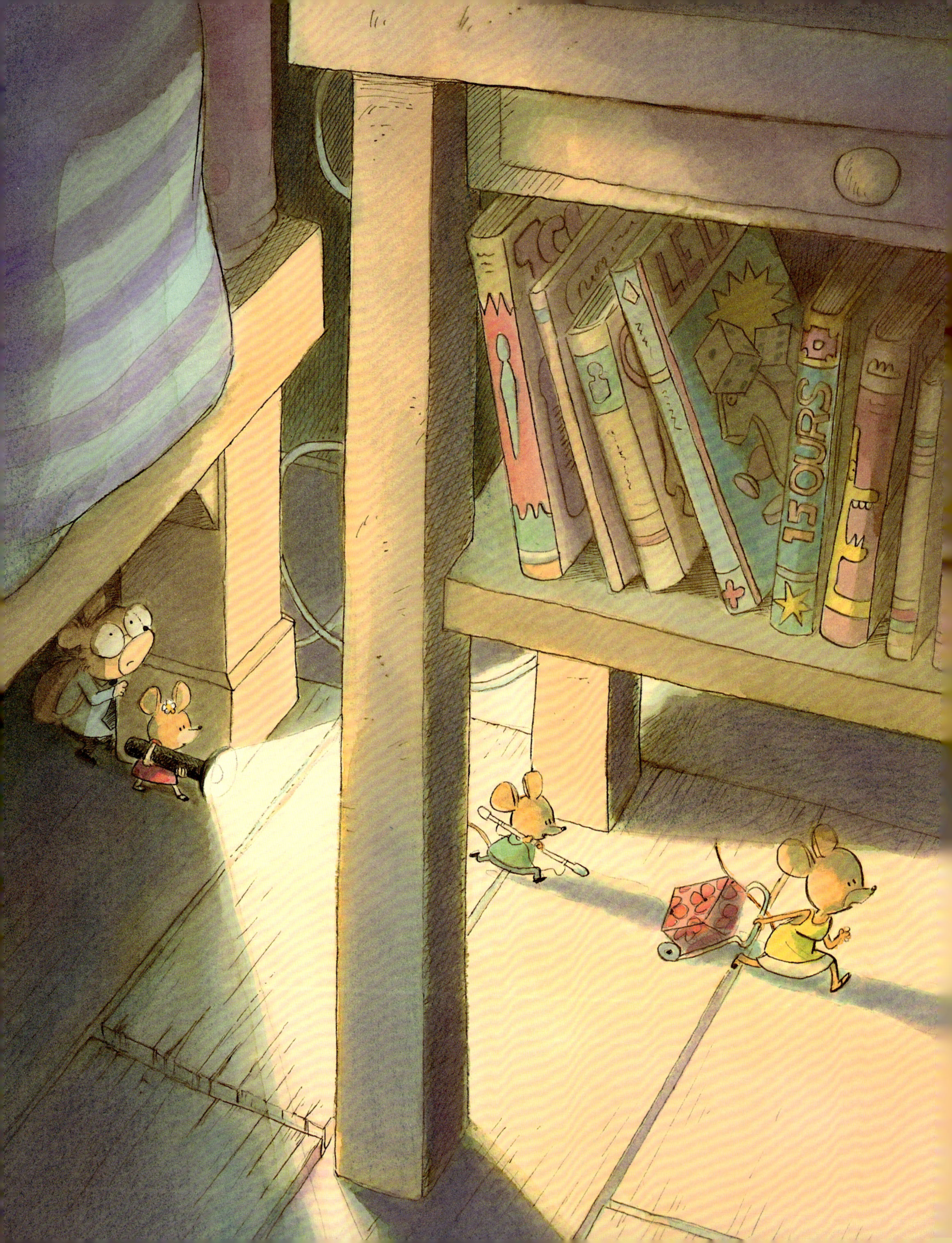
15OURS

鼠爸爸轻轻地关上门,将一根手指放在嘴唇边示意大家不要出声。
然后,一家人围在一起,躲在床腿旁静静地等待……
呜…… 吱嘎!
一直等到怪兽不再发出任何声响。

这时,鼠妈妈第一个飞奔出去。啪嗒、啪嗒、啪嗒……
跟着出去的是艾克多和米娅。啪嗒、啪嗒、啪嗒……
最后,鼠爸爸蹑手蹑脚地走了出来。啪嗒、啪嗒、啪嗒……

终于摆脱危险!
小老鼠一家一路穿过走廊,
然后撒欢儿似的从楼梯扶手上滑下来,
径直奔向厨房。

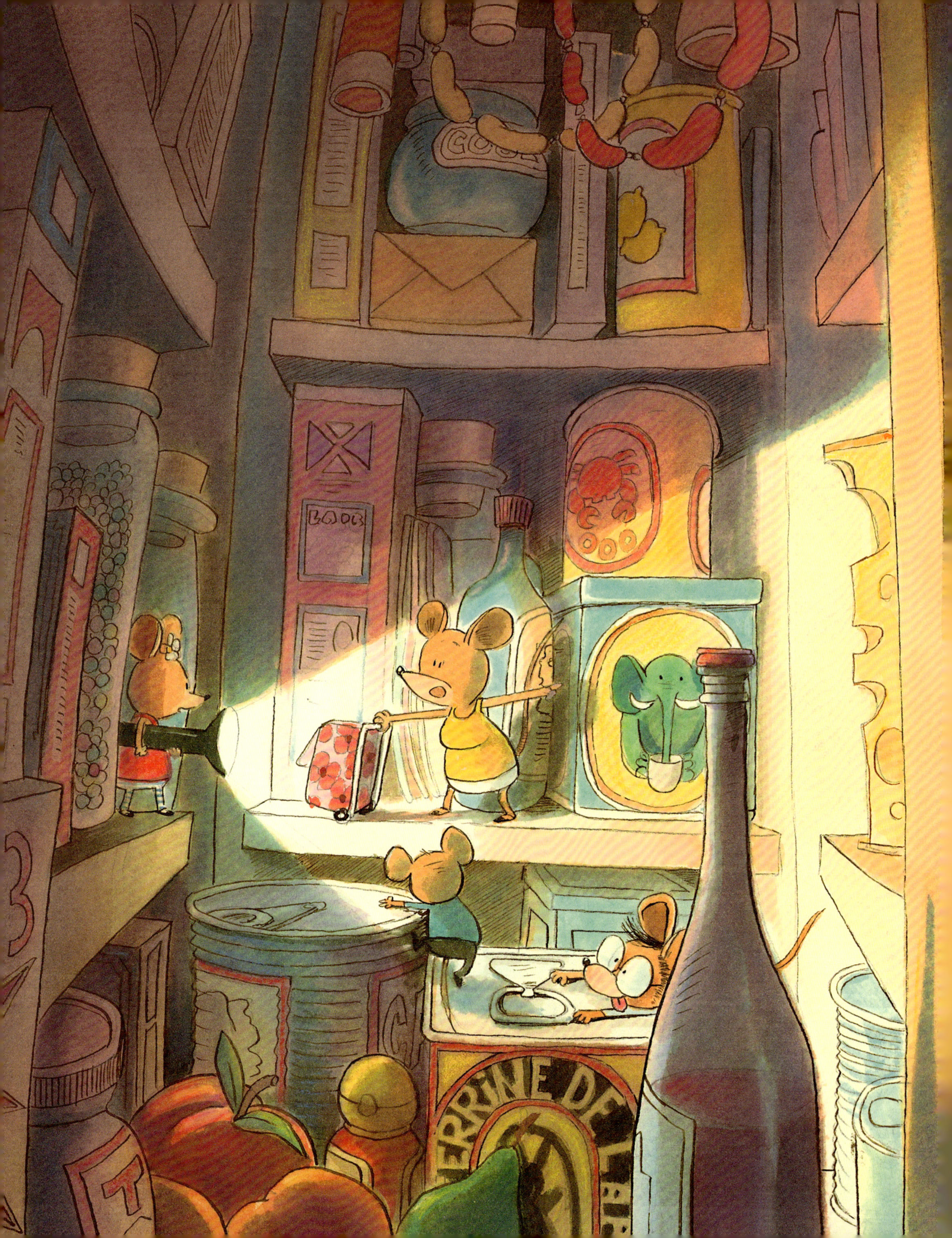

它们迅速钻进装满食物的橱柜里。
这时,鼠妈妈变成了总指挥。
她嗖地拿出购物清单,发号施令:
"鼠爸爸,你去拿糖和咸蛋糕!
"我负责拿水果和一两个酸黄瓜!
"孩子们,你们去切一块美味的奶酪吧!"

说干就干!

鼠爸爸一块接一块地往背包里装方糖。

鼠妈妈使劲往小推车里塞一个又大又红的水蜜桃。

艾克多和米娅则向一大块奶酪发起"进攻"。

嘿！

嘿！

很快，包装得满满的，是时候回家啦！
回去的路上，小老鼠一家也得轻手轻脚，以免吵醒"床上的怪兽"。
墙上浮现出怪兽的身影，看着好恐怖，好在它没有发出任何声音。
"快走！"鼠爸爸悄声说。

艾克多和米娅举着奶酪快速冲到床下。

啪嗒、啪嗒、啪嗒……

鼠妈妈拉着小推车迅速跟了上去。

最后,鼠爸爸蹑手蹑脚地走了过去。

啪嗒、啪嗒、啪嗒……

啪嗒、啪嗒、啪嗒……

它们一口气跑进家,赶紧把门关好,

吱呀! 终于轻松了!

今天晚上它们又顺利地完成了采购任务!

呼—— 呼—— 呼——

然而，艾克多和米娅再也不想生活在那个怪兽的恐惧中了。
一天晚上，当鼠爸爸和鼠妈妈在火炉旁的沙发上呼呼大睡时，
两个小家伙从它们的卧室中偷偷地溜了出来。

它们决定去看看"床上的怪兽"到底长什么样。
艾克多轻轻地将房门推开一点儿缝，
刚好能看到床上的怪兽。吱呀——

两只小老鼠紧紧地靠在一起，竖起耳朵，
窥探着怪兽的一声一息。
它们听到：

呜……　　　　　呼……

吱嘎！　吱嘎！　　吱嘎！

"那只怪兽就在床上!"
艾克多边说边害怕地关上门,
"我们怎么办呢?"

"我们要利用这次机会!"米娅说。
客厅里回荡着鼠爸爸和鼠妈妈美妙的鼾声。

呼—— 呼—— 呼——

"那我们走吧!"
两个小家伙鼓起勇气,打开门走了出去……

啪嗒、啪嗒、啪嗒……

呼哒!
呼哒!
呼哒……

哒!
哒哒!
哒哒……

它们来到一根床腿边,
虽然心里忐忑不安,
但还是决定爬上去。
终于,艾克多抓住了被子。

就在这时，被子突然动了动、抬了抬，又滚了滚，
就像暴风雨中波涛汹涌的大海一样。
艾克多和米娅在被子中摇摇晃晃，
一会儿被甩到这边，一会儿又被甩到那边……
它们被晃得头昏脑胀，只好努力地抓住被子。
最后，米娅用力咬住了被子。
而艾克多没能抓住被子，摔了下去……

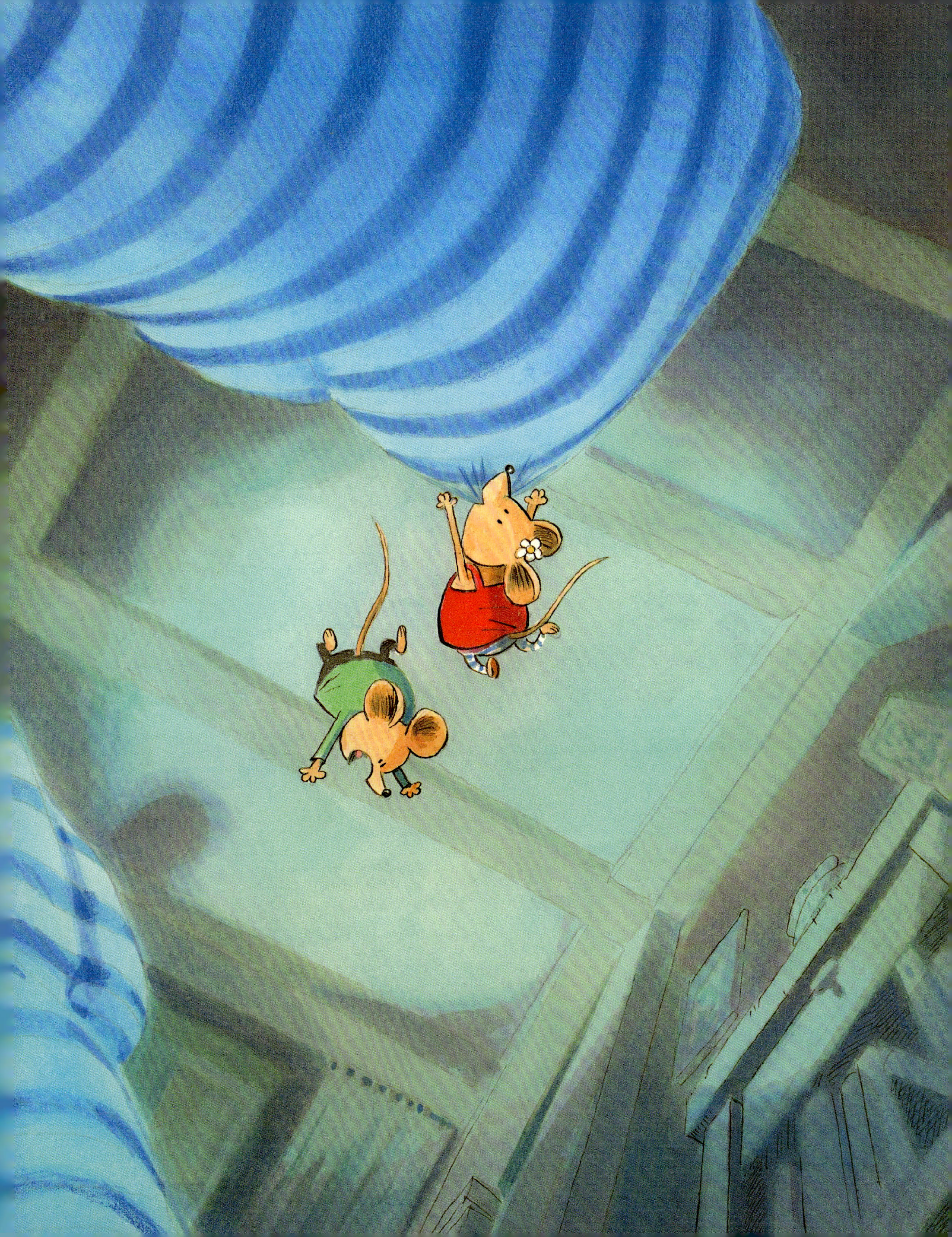

艾克多害怕极了,紧闭着双眼任凭自己掉下去。
突然,它觉得自己悬在了半空。
原来是米娅救了它!
米娅用双脚紧紧地勾住被子,
双手牢牢地抓住艾克多的尾巴。

"我们现在该怎么办？"艾克多吓得有些缓不过神，紧张地看着米娅，"我们回家吗？"
"我们可不能这么轻易放弃！"米娅回答。
这时，被子"暴风雨"刚好平静了下来。
"我们可以继续往上爬。"米娅坚定地说。

事不宜迟,
两只勇敢的小老鼠很快爬了上去,
回到了被子上。

呼啦!呼啦!呼啦……

"你看到什么了吗?"艾克多望着被子里的黑影问。
"嗯……好像有一只什么动物,正躲在被窝里呢!"米娅回答。

"咦？那好像是一只小狗！"米娅兴奋地叫道，
"它好像也很害怕！"

小狗发现艾克多和米娅朝它们走来，浑身发抖地说：
"快！快和我一起躲到被子里吧！怪兽出来了！"

吱嘎！吱嘎！吱嘎！

怪兽出来了？

"你看见怪兽了吗？"
两只小老鼠惶恐地问。

"没有,但我肯定它很可怕!"小狗说,
"每天晚上它都在我的床下发出奇怪的声音!
"对了,我管它叫——

'床下的怪兽'!"

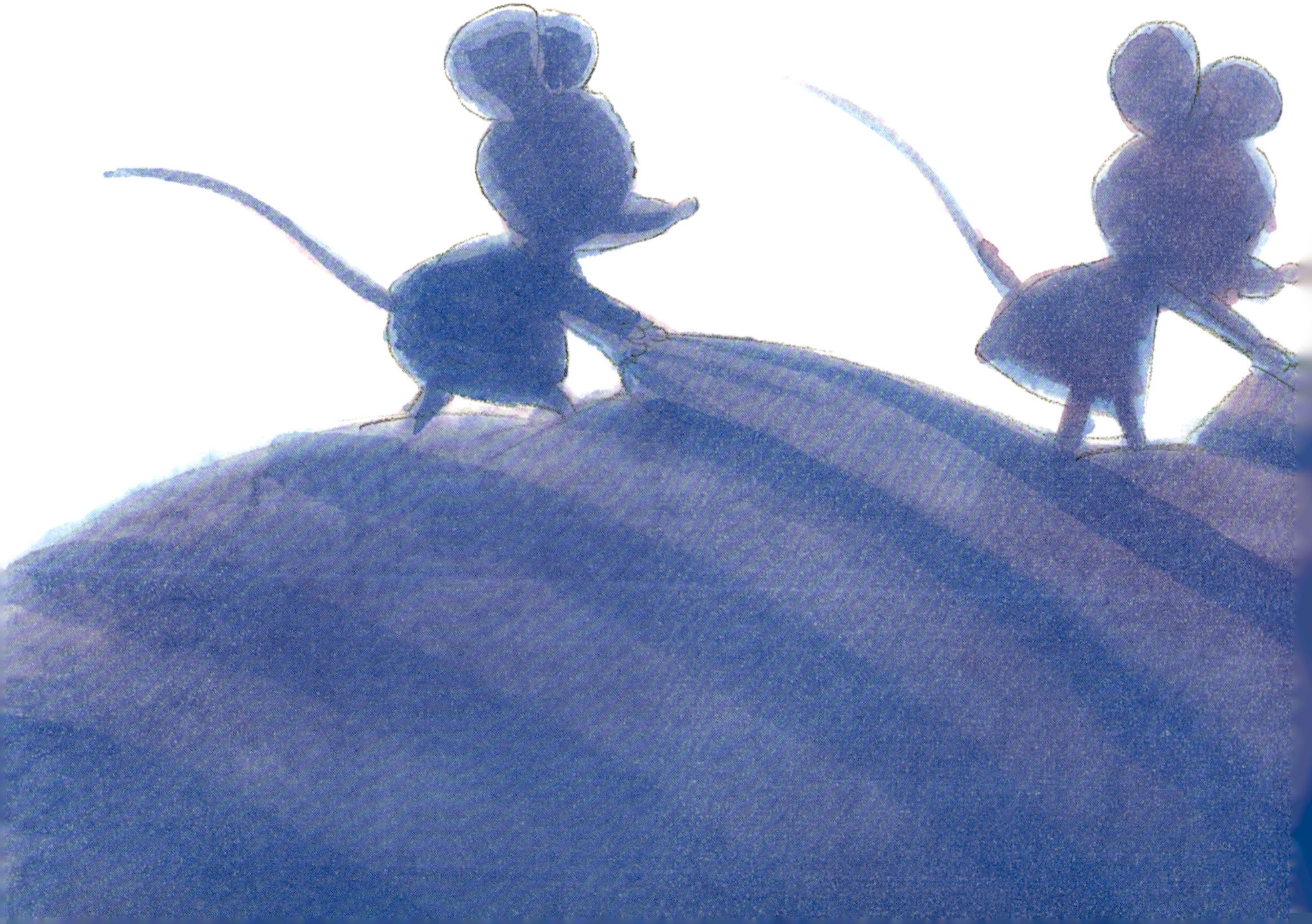